MW01136439

Primera edición: 2002

Carr. Picacho Ajusco 227, México, 14200, D.F.
www.fce.com.mx

Comentarios y sugerencias: alaorilla@fce.com.mx

ISBN 968-16-6573-2

Printed in Colombia. Impreso en Colombia por D'vinni Ltda.

Bogotá, agosto de 2002

Tiraje 10 000 ejemplares

El globo

Texto y dibujos
de Isol

LOS ESPECIALES DE
A la orilla del viento

FONDO DE CULTURA ECONÓMICA
MÉXICO

Un día

a Camila se le cumplió

un deseo

Su mamá
se convirtió en un globo
y no gritaba más.

—¿Qué pasó? ¿Dónde está?
—piensa Camila

-Hay mucho silencio.

La verdad es que mamá gritaba mucho.

al perro,
al horno,
a mí,
a todo lo que se moviera.

Ese martes se infló,

se puso colorada...

(hasta ahí

era lo usual)

Y de pronto era
un globo hermoso,
rojo y brillante.

Calladito.

Camila
lo lleva
al parque...

Lo cuida...

y juega a los
saltos lunares.

En el parque, una nena se acerca
y le dice: –¡Qué lindo globo!

y Camila responde: —¡Qué linda mamá!

Y cada una

se va a su casa pensando:

"Y bueno...
a veces no se puede tener todo".

FIN